Sammlung Luchterhand 487

Kurt Marti
Dorfgeschichten
Erzählungen

Mit herzlichen Grüßen
und Wünschen zum Tag der
Konfirmation am 4. Mai 1986

Arno Esermann

Luchterhand

Originalausgabe
Sammlung Luchterhand, Oktober 1983

© 1983 by Hermann Luchterhand Verlag
GmbH & Co KG,
Darmstadt und Neuwied
Lektorat: Klaus Siblewski
Umschlaggestaltung: Kalle Giese, Darmstadt
Herstellung: Martin Faust
Gesamtherstellung bei der
Druck- und Verlags-Gesellschaft mbH, Darmstadt
ISBN 3-472-61487-0

Frieda und der Schelm

Ich sagte schon immer, da stimmt was nicht, da stimmt doch bestimmt was nicht, mal arbeitet er, dann wieder nicht, erst sagt er, er käme aus Wüsterlingen, nun ja, warum nicht, aber per Zufall kommt Hänsel eines Tages dorthin, fragt ein wenig herum, aber niemand hat ihn gekannt, rein niemand. Natürlich, sagt er, nicht Wüsterlingen, Österlingen hab' ich gesagt, es ist ein Mißverständnis, aber etwas stimmt da nicht, ich sagte es immer, da stimmt bestimmt etwas nicht, und eines Tages kommt er mit einem Fahrrad daher. Ich frage, wo hast du das Fahrrad her, er sagt, gekauft hab' ich's. Es ist ja ein altes, sag' ich, ich habe doch Augen. Natürlich ist es ein altes, sagt er, es ist eine Occasion. Nun ja, wer sollte das wissen, man sah ihm nichts an, aber eines Tages war dann sein Fahrrad weg, und er sagte, es ist mir gestohlen worden, ich zeig's der Versicherung an, und ich dachte weiter nichts, und er schrieb der Versicherung. Aber eines Abends kommt einer, ich kenne ihn nicht, er kommt mit dem Fahrrad und sagt, ich glaub', es ist deins, es sieht aus, als wäre es deins. Er guckt sich das Rad an und sagt, es wird wohl so sein, es ist meins, wo war es, und der andere sagt, in der Kehrichtgrube draußen am Wald. Aha, sagt er bloß, in der Kehrichtgrube, soso, der Schelm wird es fortgeschmissen haben. Wahrscheinlich, sagt der andere, es war ein wenig mit Kehricht bedeckt, aber zuwenig. Nun also, da war das Fahrrad wieder, aber ich sagte schon immer, da stimmt was nicht, ich glaube, er hätte lieber das Geld als sein Fahrrad gehabt, da stimmte bestimmt was nicht, und so war es denn auch, denn eines schönen Tages im Herbst erklärte er dann, er gehe nach Österlingen, er gehe und bleibe den Winter über in Österlingen. Aber im Frühling kommst du doch wieder, sagte die Frieda. Natürlich komme ich wieder, was denkst du, hat er gesagt und ging, und für das Zimmer bezahlte er nichts, nicht einen Rappen hat er bezahlt, und Frieda heulte, nicht wegen dem Zimmer natürlich, wegen ihm und weil sie bald vierzig und außer ihm keine Hoffnung mehr ist, obschon ich ihr immer sagte, da stimmt doch was nicht, doch ihr war das gleich, und sie wurde auch richtig krank vor Kummer, die Arme, sie schrieb ihm, aber die Briefe kamen zurück. Ich sagte, da stimmt doch bestimmt was nicht, denn wenn er in Österlingen ist, dann bekommt er die Briefe, und wenn er die Briefe nicht bekommt, dann ist er auch nicht in Österlingen, aber sie heulte und sagte, das verstünde ich nicht. Doch eines Tages kommt Hänsel und sagt, ich weiß, wo er ist, ich fragte, ja, wer denn, er sagte, im Zuchthaus, da wußte ich wer. Jawohl, im Zuchthaus, sagt Hänsel, er hat das Fahrrad gestohlen und einiges mehr, jetzt sitzt er. Und Hänsel hat nach Frieda geschaut und gesagt, jetzt weißt du's, dann ging er, und Frieda heulte, sie heulte und schrie, es stimmt nicht. Aber es stimmte, und ich sagte schon immer, da stimmt doch bestimmt was nicht, und dann sagte

Frieda, jetzt nie mehr, jetzt nie mehr, ich gehe ins Wasser. O nein, sag' ich ihr, doch nicht wegen solch einem Mistkerl und sie hat's dann auch nicht getan und ging jeden Sonntag zur Kirche, das hat mich gefreut, und ich rühmte sie auch und dachte, sie hat sich den Kerl aus dem Kopf geschlagen, jetzt haben wir Ruhe. Im Frühjahr aber, am ersten warmen Abend so Ende März, da kommt er, kommt einfach und stellt sein Köfferchen auf den Tisch, er stellt es einfach da hin und sagt, da wäre ich wieder, das sagt er, aber ich winke mit meinem Stock, fahr ab, du Mistkerl. Er sagt, wieso denn, ich sage, wir wissen alles, er sagt, aha, und wo ist denn Frieda, und als die Frieda herunterkommt, sagt er noch einmal, da wäre ich also, und Frieda sagt nichts, kein Wort hat sie gesagt. An ihrer Stelle hätte ich's ihm gezeigt, aber wie soll ich, ich geh' ja an Stöcken und so noch miserabel genug, also war es an Frieda, es ihm zu zeigen. Aber sie sagte kein Wort, und er sagte, wo soll ich sonst hin, und Frieda fing an zu heulen. So ist er jetzt wieder bei uns, man weiß keinen Tag, was er eigentlich treibt, das ginge ja noch, doch ich schäme mich wegen der Leute, weil er mit Frieda nicht einmal verlobt ist, es ist eine Schande, aber was kann ich denn tun, eine alte Frau kann nicht mehr viel tun, und auch das Zimmer bezahlt er nie.

Aus Caracas oder irgendwoher

Sie kämen aus der großen Welt, Amerika hieß es, mehr Süd als Nord, aus Caracas oder irgendwoher. Sie kamen in einem großen Auto, große Leute in einem riesigen Kreuzer mit glitzernden Flossen und Leuchten, gleich doppelt und dreifach in die Flossen gebaut. Sie bezogen fürs erste ein kleines Haus, auf Zusehen hin, so hieß es, bis daß sie sich, so hieß es, eine Villa erbauen würden. Ihr Auto war halb so groß wie das Haus, das sie auf Zusehen hin bewohnten. Im Keller des kleinen Hauses eine Garage, zu klein für ihr großes Auto. So blieb das Auto draußen am Gartenzaun stehen, Tag und Nacht und Sommer und Winter oder jedenfalls bis der Winter begann. Das Auto stand draußen im Weg. Doch der Weg war zu schmal für das Auto, das große Auto zu groß für den Weg. Fußgänger schoben sich eben noch knapp zwischen Gartenzaun und Auto vorüber, schimpften, wenn auch nur leise, mit Rücksicht auf die Größe der Leute, denen das große Auto gehörte. Heimlich waren alle stolz darauf, so große Leute im kleinen Dorfe zu haben und Haus an Haus mit ihnen wohnen zu dürfen. Wer ein Fahrrad schob, drängte sich, Jupe oder Hosen an Autopneus, an Fahrradspeichen befleckend, schimpfend durch den glitzerflossigen Engpaß. Vom Ärger, vom Hin und Her, vom Hupen, vom Rufen und Schimpfen, sofern ein anderes, wenn auch kleineres Auto den schmalen

Weg zu befahren versuchte, schweigen wir besser. Beschwerden, Scherereien häuften sich, die großen Leute sahen sich bald gezwungen, den Gartenzaun, ihren eigenen, niederzulegen, um das große Auto zur Hälfte, das heißt mit zwei Rädern der einen Seite, in ihren Garten zu stellen, damit der schmale Weg von kleineren Leuten mit kleineren Autos wieder benützt werden konnte. Allein, der Garten war ebenfalls klein, und stand jetzt erst noch das große Auto, wenn auch nur zur Hälfte, in ihm, so war der kleine Garten noch kleiner. Zudem erweichte Regen den Rasen sehr rasch und das Auto, weil groß und schwer, versank wie ein Schiff, das Schlagseite hat, mit beiden Gartenrädern im Rasen, der bald schon kein Rasen mehr, sondern matschig brauner Morast war. Ärger jetzt also, nur Ärger! Bei den Nachbarn gab es, erst noch verhohlen, doch bald auch unverblümter, schadenfrohe Gesichter. Die Nachbarn nämlich hatten, so hieß es, beim Gemeinderat Beschwerde geführt, weil das schwere Auto den schmalen, auch schwachen Weg vollends kaputt fuhr. Der Gemeinderat aber habe erklärt, der Weg sei Privatweg, die Sache gehe ihn nichts an, man möge selber zum Rechten sehen. Der Gemeinderat wolle, so hieß es, die großen Leute bei günstiger Laune halten wegen der Steuern. Große Leute bezahlten bekanntlich auch große Steuern, das heißt, sie hatten bis jetzt noch keine bezahlt, doch rechnete, wie es hieß, der Gemeinderat zuversichtlich damit. Und überdies war der Gemeinderat im Recht, der schmale Weg war wirklich Privatweg, die Anstößer

mußten selber für seine Befahr- und Begehbarkeit sorgen.
Ein Mann aus der großen Welt, von Caracas kommend oder irgendwoher, denkt freilich niemals daran, am Samstag mit anderen Männern zu Schaufel und Pickel zu greifen und Steine zu karren, selbst wenn sein eigenes Auto den Weg, den privaten, kaputt fuhr. Die Nachbarn dagegen, die dachten daran und sprachen es immer deutlicher aus, daß der große Mann trotz allen Bittens und schließlich auch Drohens keinen Finger rührte.
Im späten Herbst, kurz ehe der Winter einzog, fuhren die großen Leute eines nebligen Tages im großen Auto davon und ließen das kleine Haus, den halb zerstörten Rasen zurück. Fuhren, so hieß es, wieder hinaus in die große Welt, aus der sie gekommen. Fuhren, so hieß es, weil ihnen das Dorf und alles im Dorf zu klein war.

Nur bei schöner Witterung

Beinahe wärs Adolf gewesen, es ist zum Lachen, doch damals sah er noch besser aus, war noch nicht so dick und hatte rührende Dackelaugen, und weil ich, du weißt ja, für Dackel schwärmte, trieb ich mich einmal ein Jugendfest lang mit Adolf herum. Die beiden jungen Frauen saßen am offenen Fenster, strickten Strampelhöschen, der Tee war getrunken, schräg fiel die Nachmittagssonne ins Zimmer. Ich weiß, sagte die Freundin, und kann mich nur wundern, daß du keinen Dackel mehr hast. Erst kommt das Baby, sagte die Frau, dann werden wir sehen, Hans schwärmt mir immer von Schäfern, aber Schäfern traue ich nicht mehr, du weißt ja, wie Kellers Schäfer die junge Frau überfallen hat und zerbissen, aus Eifersucht auf ihr Baby. Die Freundin nickte, ich habe davon gehört, und sagte, aber das mit Adolf wußte ich nicht, und lachte, ein Pascha ist er geworden, der Adolf, seine Frau ist ja nett, doch er ist ein dicker Pascha geworden, sie wird es nicht immer lustig haben bei ihm. Er trat mir auf die Füße beim Tanz, sagte die Frau, meine weißen Schuhe waren nachher ganz schwarz, die Mutter schimpfte, doch mir war es wurst, ich sah nur die Augen, den rührenden Dackel, und strich mit ihm auf dem Festplatz umher, obwohl er fürchterlich langweilig war und uns der Gesprächsstoff bald ausging, aber auch das war mir wurst, ich sah nur den Dackel, und dann, nach einer Woche etwa, erhielt ich ein Brieflein von ihm, mein erstes Liebesbrieflein. Er schrieb, er möchte mich wieder sehen und schlage einen Spaziergang vor, morgen abend, wir wollten uns bei den Fünflinden treffen. Bist du gegangen, fragte die Freundin. Nein, wart nur, sein Brief enthielt nämlich unten, unter der Unterschrift noch, einen Satz, einen einzigen Nachsatz, mit Ausrufzeichen dahinter: Aber nur bei schöner Witterung! Die Freundin lachte. Und dann hats geregnet? fragte sie. I wo, prächtiges Wetter, ein herrlicher Abend, doch mir war die Lust am großen Dackel vergangen.

Der Plan, ein Wunsch

In einer Verschleiß- und Wegwerfgesellschaft ist klug, wer weder wegwirft noch verschleißt, sondern sammelt. Was vor zwanzig, dreißig Jahren achtlos weggeworfen wurde, veräußern Altwarenhändler und bereits auch Antiquitätengeschäfte zu steigenden Preisen: Autos, Vasen, Grammophone und Schallplatten, Zierat und Schnickschnack, Zeitungen, Postkarten, Plakate undsoweiter, von Uniformen, Kleidungsstücken, Münzen und Banknoten nicht zu reden. Wer einst bewahrt und gesammelt anstatt verschleudert hat, kann heute ein vermöglicher Mann sein.

Oft träumt der Velofahrer von einem kleinen Lagerschuppen am Dorfrand, wo er allmählich nicht mehr gebrauchte, halb oder ganz kaputte Fahrräder sammeln und einlagern könnte. Leute gibts, wie er feststellen konnte, genug, die schadhaft gewordene oder nicht mehr gebrauchte Velos loswerden möchten, weil sie in Kellern oder Garagen nur Platz verstellen. Vermutlich würden manche die Räder auch gratis abgeben wollen, wenn endlich nur jemand käme, um sie fortzuschaffen.

Natürlich müßten die alten Velos sachkundig repariert, zum Teil neu gestrichen und repariert werden, zunächst in Freizeitarbeit, später könnte daraus vielleicht ein Teil- oder Ganzzeitberuf werden, dessen Selbständigkeit den Velofahrer verlockt. Ließe sich

davon aber auch leben? Old-timer-Velos brauchen noch mehr Zeit als Old-timer-Autos, um einen Liebhabermarkt zu bekommen. Mit zwanzig, dreißig und sogar mehr Jahren müßte gerechnet werden. Das schreckt ihn ab, läßt ihn zögern. Wer weiß, ob er in drei Jahrzehnten noch lebt, ob es Leben dann überhaupt noch gibt in Mitteleuropa? Umgekehrt hat sich kühne Hartnäckigkeit oft schon gelohnt.
So überlegt er und zögert und je mehr er zögert, desto rascher nimmt sein Zeitvorrat ab und droht sein Wunschplan ein Wunschtraum zu bleiben.

Indizien vielleicht, vielleicht Gespenster

Ich hab es gewußt, habs immer gewußt, wollte es aber nicht wissen, doch jetzt ist mir klar, wohin er abends so häufig verduftet. Warum auch, bitte, kommt er aufs Mal und sagt mir, trink Wein, mein Liebes, so sagt er, trink Wein. Ich sage, was sind das für Scherze, du weißt doch, ich stille das Kleine. Er lacht und sagt, ja eben deswegen, weißt du noch nicht, viel Wein gibt viel Milch und rassige Kinder. Ich frage, was ist das jetzt wieder, woher dieser Unsinn? Er lacht und sagt, das wissen doch alle, so machen sie's in Italien. Italien, zum Kuckuck, wir sind doch nicht in Italien, wir sind in der Schweiz! Nur eben, das ist es, ich sagte schon immer, die Italienerinnen stehlen uns erst die Arbeit und dann die Männer, o nein, da übertreibe ich nicht, zum Beispiel, wenn wir sonntags spazieren, verdreht er sich fast den Kopf nach ihnen. Tz, tz, so macht er tz, tz, wenn eine vorüberschwänzelt, und letzthin kommt er also, ich wickle gerade die Kleine, er kommt und sagt mir, du wickelst sie falsch und alle Schweizerfrauen wickeln die Säuglinge falsch. Da bin ich schlechterdings platt und frage, seit wann denn kümmerst du dich ums Wickeln? Er lacht nur und sagt, ich sehe doch, daß du es falsch machst, alle macht ihr es falsch, so kriegt die Kleine ja krumme Beine. Ich sage, ach was, wie willst du das wissen? Da sagt er, ich sehe es doch, die meisten Weiber hier haben krumme und häßliche Beine. Ich sage, soso, und du glaubst nun, das komme vom Wickeln. Er sagt, natürlich, die Italienerinnen, die wickeln nicht so. Aha, sage ich, die Lollos! Und er: du hast doch wohl auch schon bemerkt, was für Beine die haben! Ich sage, o nein, ihre Beine kümmern mich nicht. Doch er hat die Stirn und sagt, aber mich! Das sagt er, sie haben so schöne Beine, weil sie als Säuglinge anders gewickelt wurden. So genau im Bilde ist er, das sagt doch genug. Er aber lachte, du siehst Gespenster. O nein, ich sehe nur, daß, was er sieht, nichts weniger sind als Gespenster.

Dolce vita

Ein Glücksfall, direkt aus Tirol importiert, ein Mädchen mit Herz und üppigem Körper, ein jeder konnte es sehen und viele kamen ins Rößli, um es zu sehen. Vergnügt rieb sich der Wirt die Hände, die Kasse schnurrte und Liesl bediente. Sonnte sie sich ein wenig unter der Türe, die auf die Dorfstraße ging, so pfiffen die ungenierteren Italiener, winkten, wenn sie vorübergingen, ein solches Mädchen gab es im Dorfe sonst nirgends zu sehen, und Liesl lachte und winkte zurück. Manchmal traten die Südländer ein, ciaou bella, ciaou bella bellissima, dammi un bacio amore und so, und Liesl lachte und zeigte, wie gut sie die Hüften im Gehen bewegen konnte, die Südländer lachten bewundernd, saßen ein wenig da, tranken ein Bier und trollten sich wieder, um ihre soldi zu sparen. Einheimische waren weniger sparsam und gerne ließ sich Liesl ein Bier bezahlen, zuweilen ein Schnäpschen. Wenn es die Arbeit erlaubte, setzte sie sich ein bißchen zu ihren Gästen, schwatzte mit ihnen, stand bald mit diesem und jenem auf Du, zum neidischen Ärger von andern, mit denen sie aber nicht weniger freundlich umging. Natürlich wußte man alles allein vom Hörensagen, weil alle schwiegen, die etwas zu sagen hatten und nur etwas sagte, wer nichts zu verschweigen hatte. Ungewiß blieb, ob es Tatsache war oder nichts als Gerücht, daß Männer oft erst gegen Morgen und lange nach Wirtschaftsschluß aus einer Hintertüre des Rößli nach Haus entwichen. Ungewiß auch, ob es zutraf, daß Ehefrauen, nachts oder schon gegen Morgen, ihre Männer suchend, vor der verschlossenen Rößlitüre gestanden und dort aus einem unzugänglichen Hinterzimmer Gelächter und auch Musik vernommen hatten. War kein Gelächter und keine Musik zu vernehmen, so mußte das um so verdächtiger wirken. Über Beschwerden, an den Wirt des Rößli gerichtet, schwieg dieser sich aus, wie überhaupt in der ganzen Affäre die Rolle des Wirts und seiner mageren Frau stets ungeklärt blieb. Schließlich wurde sogar im Gemeinderat das Treiben im Rößli verhandelt, wenn auch nur kurz, da der Wirt sein Lokal noch immer zur polizeilich gebotenen Stunde geschlossen hatte. Doch nichts konnte verhindern, daß die Phantasie im Dorf sich mächtig erregte, wildes Gerücht ins Kraut schoß, Angst die Ehen bedrohte, Gewitter sich ballten, Neid sich erhob, Mißtrauen anstieg. Schwüre wurden getan, doch nicht mehr geglaubt, Tränen vergossen, doch schnöde verlacht, Nächte durchwacht und Tage belauert, doch ohne Ergebnis. Geflüster ging um von Exzessen, Namen wurden genannt, mit Vorsicht, Dementis in Umlauf gesetzt und Details mit Wollust erfunden, geglaubt und weitergesponnen. Männer steckten die Köpfe zusammen, Frauen gerieten abends in Angst, wenn die Männer das Haus verließen, und gaben sich Mühe, das Rößli in schlechten Ruf zu bringen, das kleine Tiroler Luder überall anzuschwärzen, womit sie freilich nicht mehr erreichten, als daß das Rößli erst recht florierte, weil auch, wer bisher nicht hinging, sich jetzt, um die Liesl gesehen zu haben, ins Rößli begab, um dort ein Bier zu trinken, oder auch zwei, um eigenäugig prüfen zu können, ob es stimmte, was man von ihrem Ausschnitt erzählte, von ihren Hüften und Haaren und auch von ihren Ringen unter den Augen.

Nach einigen Sommerwochen fand der Spuk ein plötzliches Ende. Von einem Tag auf den andern war Liesl verschwunden. An ihrer Stelle bediente im Rößli eine bejahrte Person mit barschen Manieren. Einige Männer im Dorf, so hieß es, hätten eine Vorladung vor den Amtsarzt erhalten. Wen es betraf, ob auch der Wirt zu ihnen gehörte, vermochte niemand zu sagen, weil alle schwiegen, die etwas zu sagen hatten und nur etwas sagte, wer nichts zu verschweigen hatte.

Happy end

Sie umarmen sich, und alles ist wieder gut. Das Wort ENDE flimmert über ihrem Kuß. Das Kino ist aus. Zornig schiebt er sich zum Ausgang, seine Frau bleibt im Gedränge hilflos stecken, weit hinter ihm. Er tritt auf die Straße, bleibt aber nicht stehen und geht, ohne sie abzuwarten, geht voll Zorn, und die Nacht ist dunkel. Atemlos, mit kleinen, verzweifelten Schritten, holt sie ihn ein, er geht und sie holt ihn wieder ein und keucht. Eine Schande, sagt er im Gehen, eine Affenschande, wie du geheult hast, mich nimmt nur wunder warum, sagt er. Sie keucht. Ich hasse diese Heulerei, sagte er, ich hasse das. Sie keucht noch immer. Schweigend geht er und voller Wut, so eine Gans, denkt er, und wie sie nun keucht in ihrem Fett. Ich kann doch nichts dafür, sagt sie endlich, ich kann wahrhaftig nichts dafür, es war so schön, und wenns schön ist, muß ich halt heulen. Schön, sagt er, dieser elende Mist, dieses Liebesgewinsel, das nennst du schön, dir ist ja nun wirklich nicht mehr zu helfen. Sie schweigt und geht und keucht. Was für ein Klotz, denkt sie, was für ein Klotz.

Riß im Leib

Er sprach und sie nickte. Sie nickte, bevor er sprach. Sie werden ein Leib sein, sie waren's geworden, ein Leib mit zwei Köpfen, der eine nickte, der andere dachte und sprach. Fragen Sie bitte den Mann, sagte sie, wenn jemand von ihr eine Antwort begehrte, kommen Sie abends wieder, dann ist er zu Hause.
Ein Abend im März wars. Sie wünschen, fragte sie vor der Tür, gewiß, der Mann ist zu Hause, treten Sie ein. Sie führte ihn in die Stube. Ich komme wegen der Trudi, sagte der Fremde. So, sagte der Mann. Sie gab mir freundliche Grüße mit, sagte der Fremde, es geht ihr gut. Will's hoffen, sagte der Mann, wer sind Sie? Mein Name ist Alois Sailer, sagte der Fremde, ich bin aus Tirol und arbeite seit zwei Jahren bereits in der Schweiz. Und was noch, fragte der Mann. Ich komme wegen der Trudi, sagte der Fremde, ich wünsche, wenn Sie erlauben, Ihre Trudi zur Frau. Die Kuckucksuhr tickte. Nein, sagte der Mann, es gibt Schweizer genug, sagen Sie meiner Tochter, es hat Schweizer genug, sie brauche sich nicht hinter Fremde zu machen. Aber ich bitt Sie, sagte der Fremde. Basta, sagte der Mann, von Fremden halte ich nichts, und ging am Tiroler vorbei zur Stube hinaus. Der Fremde blieb stehen, verdutzt. Warum, fragte leise die Frau und ließ ihre Strickarbeit sinken, warum ist Trudi nicht mitgekommen, warum kommt sie nie mehr nach Hause? Angst,

sagte der Fremde, sie hat Angst vor dem Vater. Die Frau senkte den Kopf. Ich hoffe, sagte der Fremde, daß Sie von mir nicht dasselbe denken wie augenscheinlich Ihr Gatte. Später, als vor dem Gartentor ein Motorrad sich entfernte, äugte der Mann, ihr Mann, zur Stube herein. Ist der Fremde gegangen, fragte er. Sie schwieg. Und nickte nicht einmal.

Neapel sehen

Er hatte eine Bretterwand gebaut. Die Bretterwand entfernte die Fabrik aus seinem häuslichen Blickkreis. Er haßte die Fabrik. Er haßte die Maschine, an der er arbeitete. Er haßte das Tempo der Maschine, das er selber beschleunigte. Er haßte die Hetze nach Akkordprämien, durch welche er es zu einigem Wohlstand, zu Haus und Gärtchen gebracht hatte. Er haßte seine Frau, so oft sie ihm sagte, heut nacht hast du wieder gezuckt. Er haßte sie, bis sie es nicht mehr erwähnte. Aber die Hände zuckten weiter im Schlaf, zuckten im schnellen Stakkato der Arbeit. Er haßte den Arzt, der ihm sagte, Sie müssen sich schonen, Akkord ist nichts mehr für Sie. Er haßte den Meister, der ihm sagte, ich gebe dir eine andere Arbeit, Akkord ist nichts mehr für dich. Er haßte so viele verlogene Rücksicht, er wollte kein Greis sein, er wollte keinen kleineren Zahltag, denn immer war das die Hinterseite von so viel Rücksicht, ein kleinerer Zahltag. Dann wurde er krank, nach vierzig Jahren Arbeit und Haß zum ersten Mal krank. Er lag im Bett und blickte zum Fenster hinaus. Er sah sein Gärtchen. Er sah den Abschluß des Gärtchens, die Bretterwand. Weiter sah er nicht. Die Fabrik sah er nicht, nur den Frühling im Gärtchen und eine Wand aus gebeizten Brettern. Bald kannst du wieder hinaus, sagte die Frau, es steht jetzt alles in Blust. Er glaubte ihr nicht. Geduld, nur Geduld, sagte der

Arzt, das kommt schon wieder. Er glaubte ihm nicht. Es ist ein Elend, sagte er nach drei Wochen zu seiner Frau, ich sehe nur immer das Gärtchen, sonst nichts, das ist mir zu langweilig, immer dasselbe Gärtchen, nehmt einmal zwei Bretter aus dieser verdammten Wand, damit ich was anderes sehe. Die Frau erschrak. Sie lief zum Nachbarn. Der Nachbar kam und löste zwei Bretter aus der Wand. Der Kranke sah durch die Lücke hindurch, sah einen Teil der Fabrik. Nach einer Woche beklagte er sich, ich sehe immer das gleiche Stück Fabrik, das lenkt mich zu wenig ab. Der Nachbar kam und legte die Bretterwand zur Hälfte nieder. Zärtlich ruhte der Blick des Kranken auf seiner Fabrik, verfolgte das Spiel des Rauches über dem Schlot, das Ein und Aus der Autos im Hof, das Ein des Menschenstromes am Morgen, das Aus am Abend. Nach vierzehn Tagen befahl er, die stehengebliebene Hälfte der Wand zu entfernen. Ich sehe unsere Büros nie und auch die Kantine nicht, beklagte er sich. Der Nachbar kam und tat, wie er wünschte. Als er die Büros sah, die Kantine und so das gesamte Fabrikareal, entspannte ein Lächeln die Züge des Kranken. Er starb nach einigen Tagen.

An warmen Tagen

An warmen Tagen sitzt der Alte am liebsten auf einer der drei Bänke in der kleinen Grünanlage des Dorfplatzes. Ruhig kann er hier die Zeit verstreichen lassen und ungestört vor sich hin denken nach der Art derer, die nichts erwarten: die Sonne ist die Sonne; ein Schatten, schau da, ein Schatten; Leute gehen vorüber wie immer, wenn Leute vorübergehen, schneller, langsamer; drüben auf der Straße huschen und rauschen Autos vorbei.
Einmal wird es Viertel vor vier, wenn der Minutenzeiger der Gemeindehausuhr auf Viertel vor vier hüpft und wenige Sekunden danach der Zeiger der Armbanduhr ebenfalls. Nie stimmen beide Uhren exakt überein, man kann richten und stellen, wie man will. Um vier Uhr kommen die Kinder aus der Schule gerannt, gehüpft. Um Viertel nach sechs wird im Altersheim zum Abendessen geläutet, wie jeden Tag um Viertel nach sechs.
Zuweilen setzt sich ein zweiter Alter des Altersheims, wo gegenwärtig drei Männer, aber elf Frauen leben, neben den ersten auf die Bank und murmelt: Schöner Tag heute. Der erste Alte nickt: Schöner Tag, ja.
Später, wenn der erste auf die Armbanduhr, dann zur Kontrolle auf die Uhr am Gemeindehaus blickt und feststellt: Halb fünf, nickt der andere, um seinerseits auf die eine und/oder andere Uhr zu gucken

und zu bestätigen: Halb fünf, wie die Zeit vergeht.
Schweigend erwarten beide, so nimmt man an, das Abendessen um Viertel nach sechs.

Verbesserungsspiele

Unter der Julisonne liegend und rundum die Leute im Schwimmbad betrachtend, verfiel der Velofahrer einer Gedanken- und Augenbeschäftigung, die er »Verbesserungsspiel« nannte.
Paßt jener Wuschelkopf neben der Pappel, fragte er sich zum Beispiel, nicht besser auf den Athletenkörper dort unter der Dusche? Oder: hätten so fein modellierte Zehen, wie sie eben vorübergingen, nicht mehr verdient als hoch darüber zwei kalt-böse Augen? Und weiter: käme der schlank-muskulöse Rumpf des Federballspielers unter dem Kopf seines Partners nicht schöner zur Geltung? Daß zwei pompöse Beine einem kleinen Gesichtlein grotesk widersprechen, ist ebenso traurig wie sensibel geschwungene Lippen, zu denen ein dicht behaarter Gorillakörper nun einmal nicht paßt.
Undsofort.
Bald schien ihm, es gebe zu viele Menschen, die fehlerhaft zusammengesetzt sind, die darunter bestimmt oft leiden. Wie wenn die einzelnen Körperteile seinerzeit in achtloser Eile zusammengepappt worden wären: schnellschnell noch vor Feierabend!
Er selber hätte die eigenen Beine sofort gegen wohlgeformtere eintauschen wollen. Übrigens auch den Kopf, dessen Vorzug es freilich war, daß er ihn nicht beständig vor Augen zu haben brauchte. Er entdeck-

te einige Köpfe, die er sich gerne anstatt des eigenen aufgesetzt hätte.

So wurde es Abend. Wohlig brannte die Haut.

Als er, wiederum angekleidet, vor dem Schwimmbad unter den dort parkierten Velos das seine gefunden hatte, stellte er – verdammt ach und zugenäht! – fest, daß Kingel, Satteltasche und Gepäckträger abmontiert worden waren: irgendein Lümmel, der damit die Ausstattung des eigenen Fahrrads verbessert hatte.

Der letzte erste August*)

Das ist das letzte Mal, daß ich es mache, dann mag der Gemeinderat selber sehen, wers macht. Dezidiert sprach so Heinz Riner, Major der Schweizer Armee und höherer Steuerbeamter, Präsident der freisinnigen Ortssektion, seit vielen Jahren ehrenamtlicher Beauftragter für die Bundesfeiern im Dorf, ein Mann mit Schneid und Witz, mit zuviel Schneid, wie viele meinten, ein Militärkopf, wie andere schimpften, aber für Bundesfeiern unentbehrlich, so daß nicht abzusehen war, was aus den Bundesfeiern ohne ihn werden sollte. Das ist das letzte Mal, sagte er jedoch entschlossen. Der Kuckuck hole den ersten August, so rief er sogar und solche Worte tönten aus seinem vaterländischen Munde denn doch verwirrend. Es ist einfach niemand mehr da, explizierte er seine verzwickte Lage, überall Ferien und alle Fabriken geschlossen, alles fährt weg und feiert in Frankreich, Italien, Spanien oder der Teufel weiß wo, feiert bei Zelt und Kochtopf seinen ersten August, der Männerchor bringt nicht mehr genügend Sänger zusammen, der Turnverein nicht mehr genug Turner, die Damen der Damenriege braten im Meersand, die Dorfmusik ist lautlos verduftet, also, mit wem soll ich eine Bundesfeier noch feiern? Sie stellen sich sicher nicht vor,

---

*) 1. August: schweizerischer Nationalfeiertag

wieviel Zeit und Geld ich vertelefoniere, um einen Redner zu kapern, denn ohne Redner geht es mal nicht, das wissen Sie selber, doch auch die Redner sind auf und davon, so bleiben noch pensionierte Lehrer oder Beamte, die erst in die Ferien gehen, wenn der Reiserummel vorbei ist, aber ich kann doch nicht alle Jahre die Veteranen ans Rednerpult stellen und letztes Mal war erst noch kein Lautsprecher da, der Elektriker hatte seinen Laden geschlossen, war ebenfalls fort und niemand auf dem Dorfplatz hat den alten Lehrer verstanden, er machte seine Sache zwar brav, aber mit der Stimme harzte es eben, ist auch zu verstehen, sonst klappte ja alles, da hatten wir vor Jahren einen schlimmeren Knüppel, ging damals doch Lehrer Ludi mit seiner Verlobten einfach auf und davon, nach Italien glaub' ich, ging und vergaß vollkommen, zuvor noch die Sammlung des Holzes für das Feuer zu organisieren, wie ich ihm aufgetragen hatte, dabei war er Leutnant, der Ludi, aber der hatte nur noch Zelt und Braut und Italien im Kopf und als es nach der Bundesfeier dann hieß, wie gewohnt, jetzt machen wir einen Festzug, die Kinder mit ihren Lampions, und zünden das Feuer an, da hieß es auf einmal, wo ist denn der Holzstoß, es ist ja nirgends ein Holzstoß! So eine Schweinerei, da vergeht einem langsam die Lust und man denkt sich schließlich, der einzige Fehler am Rütlischwur war, daß man ihn mitten in einer Ferienzeit schwur.
Ich glaubte, den Geplagten damit trösten zu können, daß ich ihm sagte: diesmal werde ich hier sein am ersten August, dann gehen wir nach der Bundesfeier

in den Hirschen und stoßen an auf Ihren letzten ersten August. Schade schade, sagte er, organisiert ist alles, ich aber werde am ersten August in Griechenland sein.

Bachabgeschichten

Parteivorstände haben es schwer. Mitglieder, die Beiträge zahlen, zu finden ist fast ein Kunststück und eine Parteiversammlung gedeiht in der Regel nicht über eine Versammlung von Männern hinaus, die entweder früher im Vorstand waren oder die Hoffnung nähren, demnächst in diesen Vorstand und dann von hier in Kommissionen oder Behörden zu kommen. Ein bedenklicher Zustand und deshalb ist immer wieder die Rede davon, jetzt müsse etwas geschehen, die Jugend sollte von neuem gewonnen werden, begeistert schwärmen die Veteranen von heroischen Jahren, da sie selber noch jung und die Staatsbürgerkurse prächtig im Schwunge gewesen, wo in gefüllten Sälen, so rühmen sie, diskutiert worden sei bis spät in die Nächte, das waren noch Zeiten, doch heute ist nichts mehr zu machen, die Jugend hat Fußball im Kopf und unter dem Hintern ein Moped, wo führt das noch hin, Parteien müssen doch sein, denn ohne Parteien gibts keine Demokratie, und darum bleibt alle Arbeit immer an den gleichen paar Leuten, an den Alten, Bewährten, hängen, die gibt es gottlob noch, man kann auf sie zählen, wenn eine Parteiversammlung sein muß, sie kommen treu und verläßlich wie immer. Eine Parteiversammlung muß sein, wenn wiederum eine Wahl oder eine Abstimmung vor der Türe steht.
Die Versammlung wurde eröffnet, der Präsident

referierte selbst über die Traktanden, denn schließlich war er am besten im Bild. So teilte er mit, der schweizerische Parteitag habe beschlossen, die Initiative gegen die atomare Bewaffnung der Schweizer Armee zu verwerfen, die kantonale Partei sei gleichfalls für Nein und die Haltung der Ortspartei hiermit gegeben, es stelle sich bloß noch die Frage einer kontradiktatorischen Versammlung, doch rate er ab, da nur die Stänkerer im Dorf die Gelegenheit ergreifen würden, um Defaitismus zu säen, das aber wünsche man nicht, so gelte es einzig, die Initiative der Landesverräter wuchtig bachab zu schicken. Die Versammlung nickte, spontan auf Diskussion verzichtend. Kam das kantonale Spitalbauprojekt, horrend in den Kosten, gewiß, und eigentlich müßte der Staat mehr sparen, aber die Kantonalpartei, das heißt deren Vorstand, empfiehlt auch hier, aus taktischen Gründen zuzustimmen. Und die Versammlung nickte ohne Disput für Ja. Blieb noch eine Ersatzwahl in die Schulkommission, doch war auch dazu nichts zu bemerken als daß der Sitz der Bauernpartei zustand und diese Samuel Leuppi vorschlug, kinderlos zwar, doch Landwirt, daneben noch Präsident des hiesigen Unteroffiziersvereins, ein wackerer Bürger also. Und wiederum nickten alle für Samuel Leuppi.

Meine Herren, wir kommen bereits zum letzten Traktandum, Sie sehen, wir sind uns in allem einig und alles ging flott heute abend, wir sind bald fertig, das ist ein gutes Zeichen für die Geschlossenheit der Partei, mit Hoffnung blicken wir deshalb der Zukunft entgegen und hat jetzt noch jemand etwas unter »Verschiedenem« zu bemerken, bitte, das Wort ist frei.

Ja, der alte Hartmann hatte noch einen Wunsch zu äußern, so murmelte er und ein Parteifreund am Ende des langen Tisches rief, ein bißchen lauter bitte, doch hatte der alte Hartmann ja nur für den Anfang gemurmelt und sagte nun sehr vernehmlich, an die beiden Gemeinderäte gewendet, sie wüßten so gut wie er, es sei eine Schweinerei mit dem Dorfbach, da komme ja nur noch Gülle, Wasser komme da nicht mehr, denn wer in Bachnähe wohne, werfe den Kehricht einfach ins Wasser, er könnte die Namen nennen, er habe schon manchen gesehen, doch tue das nichts zur Sache, die Bescherung habe dann er, der Hartmann, in seinem Sägewerk unten am Bach, auch das tue nichts zur Sache, schade sei's nur um die Fische, früher habe man Fische gehabt im Bach, aber damit sei es schon lange vorbei, jetzt stinke der Bach wie die Pest und manchmal, das brauche er nicht zu verschweigen, manchmal komme das Wasser ganz grün oder rot und giftig stinke es auch, fast übel werde es einem, und dieses Wasser komme aus der Fabrik, das wüßten ja alle, und heute sei er, der Hartmann, gekommen, um das zur Sprache zu bringen, er habe es zwar dem Direktor mündlich und schriftlich schon oft gesagt, man habe ihn aber seit Jahr und Tag nur immer freundlich vertröstet, jetzt müsse es einmal Schluß sein damit, er bitte die Herren Gemeinderäte, energisch zum Rechten zu sehen, wenn nötig sogar der Fabrik die Ableitung ihres Drecks in den Bach zu verbieten, das sei ja im höchsten Grade gesundheitsgefährdend, doch habe er sich gedacht, es sei besser, er sage das alles hier als erst in einer Gemeindeversammlung. Der Direktor, ein Vorstandsmitglied, saß da und war rot geworden, gefährlich rot, weil er magenkrank war und deshalb, wie alle wußten, sehr reizbar. Gekränkt erklärt er, das Votum Herrn Hartmanns sei ebenso fehl am Platz wie in der Tonart verfehlt, er habe immer freundlich verhandelt, man suche unentwegt nach einer Lösung dieses Problems, Herr Hartmann enttäusche ihn sehr, die ganze Sache sei nicht so einfach, wie sich ein Handwerker das denke, es gehe um komplizierte technische Fragen. Mit dieser Bemerkung freilich geriet er an den Falschen. Ganz richtig, rief Hartmann, er habe nur einen kleinen Betrieb, derart halbschlau aber, wie der Herr Direktor meine, sei er denn doch nicht, er habe sich gründlich beim kantonalen Gewässerschutzamt erkundigt, es wäre alles zu machen, wenn man nur wollte. Also Herr Hartmann, gab der Direktor ironisch zurück, wenn Sie im Bild sind, wir warten auf Ihre Projekte! Jener grinste nur unverfroren und rief, das sei doch nicht seine Sache, sondern die der Fabrik, man müsse halt wollen, und wollen heiße für einmal die Kosten nicht scheuen, heiße ans Ganze denken, an die Gemeinde, da liege der Has im Pfeffer, man sehe nur mal den neuen Trakt an, den die Fabrik jetzt hingestellt habe, er verschandle das ganze Dorfbild. Herr Hartmann, rief der Direktor, nun scharf und böse geworden, magenkränker denn je durch diese Kränkung, ein solches Wort verbitte er sich und zwar energisch, jawohl, man möge ihm seine Schärfe nicht übelnehmen, doch gehe Herr Hartmann entschieden zu weit, denn das neue Gebäude bringe doch ohne Zweifel einen modernen Akzent ins Dorfbild und überhaupt, er schufte sich krank, um das Dorf zum Blühen zu bringen, um Arbeit zu schaffen für eine Belegschaft, die wohl aus der Hälfte der Arbeiter im Dorf bestehe, man habe sich immer nur von der besten Seite gezeigt, habe hunderttausend für die neue Schule gespendet, fünfzigtausend für den Neubau des Kindergartens, wo stünde heute das Dorf, wenn seine Fabrik nicht wäre, dafür habe man jetzt nur des Teufels Dank, jawohl, und nun sei auch eine neue Turnhalle schon projektiert, aber falls es tönen sollte, wie es heute tönte, werde man sich die Sache noch zweimal so gut überlegen. Ei, rief der alte Hartmann, jetzt haben wir's alle gehört, erpreßt wird man auch noch, das sei man sich nicht gewöhnt, das seien neue Manieren und schon sein Urgroßvater habe unten am Bach gesägt, die Hartmanns seien von altersher Bürger im Dorfe gewesen, das reiche sehr weit zurück, man lese bitte die alten Rödel im Heimatmuseum, und übrigens sei es nur Pflicht einer Industrie, die neue Menschen in die Gemeinde ziehe, auch neue Schulen zu bauen, nein, nein, so gewaltig seien die Summen nicht, die die Fabrik gespendet habe . . . Doch weiter kam Hartmann nicht mehr, denn wutentbrannt hieb der Direktor mit flacher Hand auf die Platte des Tisches, die Gläser hüpften, die Köpfe duckten sich, jetzt reicht's mir aber, schrie der Direktor, rot und krank und sehr bitter, jetzt hab' ich genug von Gemeindepolitik, jawohl, ich erkläre hiermit den Rücktritt aus diesem Vorstand. Sprach's, stand auf und ging. Die Versammlung äugte verdutzt, der Präsident, am schnellsten gefaßt, lief dem Direktor nach, schmetternd fiel die Tür vor seiner Nase ins Schloß.

Der Dreier Rotwein, den der Direktor für seinen kranken Magen getrunken, wurde diskret bezahlt und unter »Spesen« in der Parteirechnung verbucht.

Harmonisch wie lange nicht mehr

Genug, hatte Turi gesagt, jetzt ist es genug, jetzt zeigen wir ihnen, wo Bartli den Most holt, morgen wirst du es sehen, alle werden es sehen, an der Gemeindeversammlung, so geht es nicht weiter, was sein muß, muß sein. Da glaubt man, hatte Turi gesagt, es säßen jetzt zwei von den unsern in der Behörde, was wollt ihr noch mehr, was reißt ihr noch immer das Maul auf, jetzt habt ihr Arbeiter ja zwei Kollegen im Rat, ja schön, da sitzen sie auch, die beiden Brüder, mit breiten Hintern sogar, sitzen auf ihren Gemeinderatsstühlen, aber ich frag mich schon lange, wozu sie dort sitzen. Das sieht doch ein jeder, hatte Turi gesagt, daß man sie einseift, ohne daß die Löffel es merken, am Jaßtisch nach den Sitzungen heißt es Herr hier und Herr da, Herr Doktor, Herr Tierarzt, Herr Vizedirektor, ein Vierblatt, die Stöck, ein Trumpf und gestochen und nachher sind die schönen Kollegen erst noch geschmeichelt, wenn die Herren den Jaßwein bezahlen, geh doch am Montagabend mal in den Hirschen, da siehst du mit eigenen Augen das ganze Theater. Aber dann an der Sitzung, so hatte Turi gesagt, sitzen die Brüder stumm auf den Stühlchen und nicken zu allem, was ihnen die Herren erzählen, nicken und sagen ihr Ja und Amen dazu. So ist es, hatte Turi geseufzt, sie halten uns alle für dumm, die Arbeiter hält man für dumm und manchmal sind wir es wirklich, das siehst du an diesen schönen Kollegen: der weichen Welle, wie sie jetzt Trumpf ist, sind die armen Tröpfe nicht mehr gewachsen. Doch jetzt ists genug, hatte Turi gesagt, wir fegen das ganze Projekt vom Tisch, die haben ja einen Span, so etwas bauen zu wollen, der pure Luxus, man täte gescheiter daran, etwas zu bauen, was auch dem Arbeiter nützt. Die Kollegen sagen mir Tag für Tag, hatte Turi gesagt, du Turi, rede für uns, blas ihnen den Marsch, zerfetze dieses verdammte Projekt vor ihren Augen, wirst sehen, wir stimmen sie nieder. Aber eben, hatte Turi geseufzt, mit meinen Händen bin ich geschickter als mit dem Maul, die Redner sind alle auf der Seite der andern, uns bleiben die ungeschliffenen Mäuler, ich werde bald grob und verderbe alles damit, wenn man nicht zu reden versteht, passiert das eben, darum bin ich als der rote Turi verschrieen, man hat mir schon sagen dürfen, wenns mir nicht passe, dann bitte, dann lös dir ein Billet nach Moskau, einfach natürlich. Ein Kämpfer, das bin ich schon, hatte Turi gesagt, man hat mir noch niemals etwas geschenkt und hell auf der Platte bin ich genug, um zu merken, daß immer wir, die nicht reden können, das Nachsehen haben, und deshalb sagen jetzt alle, du Turi rede für uns, steh auf und rede morgen für uns. Ich weiß, hatte Turi geseufzt, ich weiß, daß sie Angst haben vor den Herren, das ist das Verdammte, wir haben im stillen noch Angst vor ihnen, sie wickeln uns um den Finger, wir aber haben Angst, ich habe nur Primarschule hinter mir, so ist bei allen, Primarschule und nachher in die

Fabrik, das ist das Elend, niemand ist da, der reden kann wie es nötig wäre, niemand wehrt sich für uns, das rentiert doch nicht für besser gebildete Leute, bei uns gibt es nichts zu verdienen. Verdammt noch mal, hatte Turi geseufzt, es liegt mir nicht, morgen abend reden zu müssen, das heißt, ich wüßte schon, was gesagt werden muß, den Brüdern gehört eine zünftige Abfuhr, ich weiß genau, wie ich alles erklären müßte, ich habe mir alles zurechtgelegt, nachts im Bett anstatt zu schlafen, aber eine verdammte Sache ist's doch, ich werde schnell grob, aus Verlegenheit, weißt du, oder wenn ich den Faden verliere, da braucht dann nur so ein Herr süffisant zu lächeln, schon hats mich, verdammt noch mal.

So hatte Turi geredet. Und dann saß er da, in der Gemeindeversammlung, ich sah ihn von meinem Platze aus, saß da, zusammengekrümmt und gelb im Gesicht, wie mir schien, doch rührte das möglicherweise von der schlechten Turnhallenbeleuchtung her, saß da und biß am erloschenen Stumpen herum und trommelte mit den Fingern auf die Knie, saß da, verkniffenen Munds, umgeben von seinen Freunden, die nach ihm äugten, ihn in die Seite stießen, saß da, die Stirne böse gerunzelt, während man links und rechts gedämpft auf ihn einsprach, saß da, verloren und unwirsch in der heute recht gut gelaunten Versammlung, ohne sich je zum Worte zu melden. Dem Projekt des Gemeinderates wurde mehrheitlich zugestimmt. In Turis Umgebung erhob sich zwar eine Anzahl Arme für die Verwerfung, doch fiel das nicht weiter ins Gewicht und soviel ich sah, ging

Turis eigener Arm nicht mit in die Höhe, ganz sicher bin ich zwar nicht, es schien mir nur so. Harmonisch wie lange nicht mehr sei's heute abend gewesen, rühmte der Gemeindepräsident in seinem kurzen Schlußwort, mit dem er die Männer nach Hause und in die Wirtschaften ringsum entließ, nicht ohne, wie üblich, noch zu verkünden, heute sei überall Freinacht bis zwei Uhr. Alle Gemeinderäte strahlten befriedigt, als sie die Akten in ihren Mappen verstauten, um nach der leicht gewonnenen Schlacht im Hirschen noch einen Jaß zu klopfen. Von Turi war nichts mehr zu sehen.

Ein Leben in Villen

Wie war es, fragte der Neffe. Entsetzlich, sagte sie, gib mir einen Whisky bitte, entsetzlich, die Fahrt, das wäre gegangen, danke, sagte sie und spülte den Mund, das wäre noch so gegangen. Ist dir übel geworden im Car, fragte er. O nein, sagte sie, jede Stunde war Halt, alte Männer müssen scheint's jede Stunde, nein nein, am schlimmsten von allem war der Imbiß. Aber nett, fand der Neffe, die Altersausflüge, die man jetzt macht, das gab es früher nicht. Gewiß, räumte sie ein, das Schlimmste war dieser Imbiß, stell dir nur vor, da sitzen, was sage ich sitzen, da hocken, da kauern sie ihrer siebzig, du denkst, jetzt werden sie essen, die Platten sind da, das Fleisch, die Kartoffeln, du denkst, ich warte, bis die andern beginnen. Natürlich, du bist eine Dame, sagte der Neffe und lachte. Hör auf, sagte sie, nun also du denkst, jetzt werden sie essen, ja schön, ich schwöre dir, nicht ein einziger ißt. Unglaublich, sagte der Neffe, warum nicht?
Sie fallen plötzlich über die Teller her, sagte sie, wie Tiere, jedoch mit Messer und Gabel, nur ist's, als griffen sie mit den nackten Händen, kein einziger ißt, sie kauen, sie matschen und mahlen mit zahnlosen Kiefern, stopfen sich voll und völler, sobald einer hustet, regnet es Krümel und nicht ins Nastuch, versteht sich, sie kauen und malmen, als wär es zum letzten Male, als folgte das Ende der Welt zum

Nachtisch, am liebsten würden sie auch noch die Teller verschlingen, und ratzekahl räumen sie Platte um Platte, und nichts, aber nichts in der Welt kann sie halten, sogar der Pfarrer ist machtlos, er sagte mir plötzlich, mein Gott, wir haben das Beten vergessen, verstehst du, so plötzlich kams als Springflut über die Teller, nur mir verging jede Lust.

Du bist eine Dame, lachte der Neffe, ich sagte es ja. Höllisch, sagte sie seufzend, diese Mäuler, diese mahlenden Kiefer! Nun übertreibst du, Tante, sagte der Neffe. Vielleicht, sagte sie, auf jeden Fall fahre ich nie mehr mit. Es zwingt dich niemand zu gehen, sagte der Neffe. Ich habe immer in Villen gelebt, sagte sie und leerte ihr Whiskyglas, nun bin ich zu alt und werde mich nicht mehr ändern. Wozu dich ändern, fragte der Neffe. Und will mich nicht mehr ändern, sagte sie, wie erleuchtet von diesem Entschluß.

Dora ißt Brot

Dora ißt Brot, so müßte der wiederkehrende Satz ihrer Lebensbeschreibung lauten, die von manchem Umtrieb, von viel Kummer, Enttäuschung, sogar von regelrechten Schicksalsschlägen zu berichten hätte. Ein nie aufgeklärter Einbruch käme vor, eine Bielerseedurchschwimmung, der Tod des Verlobten, eine Fehlgeburt, ein Erpressungsversuch im herbstlichen Bellagio, ein Heiratsschwindler, eine ungerechtfertigte Entlassung, ein Zimmerbrand. Dennoch bleibt in Doras Geschichte, wo all das und noch viel mehr passiert ist, die deswegen auch sehr lang werden müßte, falls jemand sie ausführlich erzählen wollte, nur eines wirklich außergewöhnlich, nämlich daß die vielgeprüfte, immer wieder sich aufrappelnde Dora ihren Kummer, ihre Wut, ihr Entzücken und ihre Schrecken jedes Mal dadurch zu meistern vermochte, daß sie möglichst sofort in Brot biß und ausgiebig an ihm kaute, große Stücke, dicke Scheiben. Und dunkles Brot mußte es sein, das Widerstand leistet.
In Situationen, wo andere zum Glas, zur Zigarette, zur Tablette greifen, holt Dora sich aus der Küche oder, wenn außer Haus, in der nächsten Bäckerei, etwas Brot. Und beißt. Und kaut. Und ißt. Wen wunderts, daß sie gesund und widerstandskräftig bleibt und den Gemeinheiten, den Tücken des Lebens die runde Stirne zu bieten vermag?

Wer immer Doras Erlebnisse, Abenteuer und Leiden zu hören bekommt, schämt sich alsbald seiner eigenen Wehleidigkeit und nimmt sich die beherzte Tapferkeit der Stehauf-Frau zum Vorbild.
Seltsam bleibt das Geheimnis ihres Durchhaltevermögens: Dora ißt Brot.

Der innere Schweinehund

Zwar sanft, aber kilometerlang und hartnäckig ansteigende Straße, dazu noch Gegenwind, das geht mit der Zeit, wie Sportler sagen, »an die Substanz«: allmählich schrumpft die Aufnahmekraft für Umgebung und Landschaft, danach nimmt auch die Gedankentätigkeit ab und konzentriert sich bald nur noch auf Bewegungsablauf und Körper, auf Atem und Beine. Der Velofahrer, kein Sportler, nur eben ein Velofahrer, beginnt sich zu fragen, was in den Köpfen professioneller Bergauffahrer, etwa der Tour de France, des Giro d'Italia, vorgehen mag. Er, in seinem Kopf, hört jedenfalls bloß noch wildes Hämmern, dazu das Jammern, das Drängen der Schenkel- und Wadenmuskeln, die von einem Pedalumgang zum andern darum flehen, von der mühsamen Treterei erlöst zu werden. Ein Velo, bitte, kann man auch schieben.
Und lästig der Schweiß. Das Hemd, das an der Haut klebt. Hör auf, durch den Mund zu atmen! Wie aber, wenn durch die Nase nicht mehr genug Luft kommen will?
So reduziert der verbissene Kampf den Velofahrer auf das, was also »Substanz« heißt: Keuchen, hämmernde Schläfen, schmerzende Muskeln. Zur »Substanz« gehören wohl auch die grimmigen Durchhalterefrains: ein Velofahrer ein Velofahrer gibt nicht auf gibt nicht auf gibt nicht auf! Ein Velofahrer ein

Velofahrer überwindet sich besiegt sich gibt nicht klein bei.

Und plötzlich schießt aus militärischer Vorzeit jäh der Schleiferruf hoch: »Killt den inneren Schweinehund!«

Das genügt, das genügt nun wirklich! Der Velofahrer steigt ab, legt das Rad ins Böschungsgras, vertritt sich die sperrig verkrampften Beine. Leicht flitzt ein Auto vorüber, die Fahrerin winkt und lacht.

Allmählich weicht die Umgebungsblindheit, setzt die Gedankentätigkeit wiederum ein: ist so ein Schweinehund vielleicht nicht ein ganz vernünftiges Tier und möchte gestreichelt sein?

Leider kommt kein Gasthaus in Sicht. Gelassen schiebt er sein Rad, läßt Autos vorübersausen und denkt sich: was langsam steigt, wird langsam bald fallen. Auch das, auch das ist Hartnäckigkeit.

Der Nachmittag ist schön, die Hügel leuchten wiesen- und waldgrün. Zufrieden wedelt, ganz innen, das Schweinehündchen.

Vorweihnacht

Am Elektrogeschäft lehnte eine Tanne. Idiot, sagte der Elektrohändler, das ist ja ein Riesenbaum. Der Waldarbeiter kratzte in seinem Haar. Ja, ja, sagte er, er ist wirklich zu groß, man muß ihn stutzen. Wenn ich ihn stutze, dachte der Elektrohändler, wird er zum Krüppel, wenn nicht, ist das Schaufenster zu klein. So ein Idiot, sagte er seiner Frau. Später befahl er seinem deutschen Gesellen, einen Kübel hinaus vor das Haus zu tragen und mit Erde zu füllen. Gemeinsam hoben sie den Baum in den Kübel und drehten ihn fest in die Erde ein. Der Elektrohändler stützte die Arme in seine Hüften und dachte, das ist ja prima, besser sogar als letztes Jahr! Seine Frau sagte, ja, er macht sich gut hier draußen. Der Deutsche holte die Kerzen und montierte sie samt dem Kabelgehänge im Baum. Um fünf Uhr abends flammten die Kerzen, alle in der gleichen Sekunde und hart am Gehsteig auf. Die alte Luise ging eben vorüber. Sie tat einen schnellen Schritt rückwärts, herjesses, krähte sie auf, was ist das jetzt wieder!

Weihnachten

Macht hoch die Tür, die Tore weit, sangen sie in der niedrigen Stube, und einer der jungen Leute hielt eine brennende Kerze. Es kommt der Herr der Herrlichkeit, ein König aller Königreich, sangen sie, und eine alte verwitterte Frau hörte zu. Ein Heiland aller Welt zugleich, der Heil und Leben mit sich bringt, sangen sie, und eine junge Frau strich sich mit schmutzigen Händen über die schmutzige Schürze. Derhalben jauchzt, mit Freuden singt, gelobet sei mein Gott, sangen sie, und ein verschmiertes Kind starrte sie an mit groß aufgerissenen Augen. Macht hoch die Tür, die Tor macht weit, das Herz zum Tempel macht bereit, sangen sie, müde schon und ohne genau zu bedenken, was sie sangen. So kommt der König auch zu euch, ja Heil und Leben mit zugleich, sangen sie, wie sie schon in einem Dutzend niedriger Stuben gesungen hatten. Komm, o mein Heiland Jesu Christ, sangen sie. Und er kam. Die Türe ging auf, er kam und schwankte, ein taumliger Riese, er kam und zog die Tür hinter sich zu, hielt sich an der Türfalle fest und begriff vorerst nichts, mit stumpfen Augen glotzte er in die niedrige Stube, die voll war von Menschen, glotzte, an die Türe gelehnt, begriff nichts, aber auf einmal bewegte er sich, übertrieben und plötzlich, er kam und schubste sich, Hände voran, durch die Sänger und versuchte, die Rechte eines jeden zu finden, die Zunge stolperte über Dankesworte, sein rechter über den linken Fuß, die Alkoholfahne wehte aus sabberndem Mund, dann hielt er sich wieder fest, zufällig an einem Fensterriegel, rülpste, schnitt unerklärlich Grimassen und wandte den Kopf zur Seite, man wußte nicht, drängte es ihn zu heulen oder war ihm zum Brechen übel. Vielleicht beides zusammen. Erschrocken begannen die Sänger wieder zu singen, sie sangen ein anderes Lied, sie sangen presto-prestissimo, heut schleußt er wieder auf die Tür, sangen sie, und der Riese hing unberechenbar am Fensterriegel, zum schönen Paradeis, sangen sie, und er verdrehte die Augen, die Stirnader schwoll, als platze er demnächst vor Zorn, der Cherub steht nicht mehr dafür, sangen sie, aber er stand, er hing am Fensterriegel und schwankte, aber er stand, Gott sei Lob, Ehr und Preis, sangen sie, das Herz zusammengepreßt und mit kurzem Atem vor Angst, er bewegte den struppigen Schädel dazu, doch war nicht deutlich, nickte er Zustimmung oder stieß ihm was auf. Schöne Weihnachten, wünschten die Sänger und schoben einander zur Türe hinaus. Er blabberte etwas. Die alte Frau verwitterte noch mehr, die junge hielt ihren Kopf gesenkt. Affen, hat er gesagt, behaupteten auf der Straße die einen, nein Amen, sagten die andern. Vielleicht beides, wer weiß, Gott weiß es, Welt ging verloren, doch Christ ist geboren.

Der Plakatmaler

Obgleich seine Hand ungelenk, sein Können gering ist, hatte er ein Plakat gepinselt, auf helles Packpapier. Eine Zunge zu malen ist kein Problem: man zieht einen Rundbogen und füllt ihn mit roter Farbe. Weil die Zunge senkrecht zu stehen kam, schrieb er über den Bogen, in Majuskeln: ZUNGE. Darunter setzte er den selbstersonnenen Vers:
> Ein lustig Glied, das ist die Zunge uns im Maul,
> wär sie nur flink zum Guten und zum Bösen
> faul.

Mittels Scotch-Band klebte er das Plakat außen an seine Wohnungstüre, so daß, wer im Treppenhaus auf- oder niederstieg, den Friedensaufruf sehen mußte. Im alten Miethaus nämlich grassierte seit einiger Zeit übelster Klatsch und vergiftete die Beziehungen zwischen den Mietern.

War der Vers Gedankenlosigkeit oder ein Freudscher Verschreiber? Eine der übelsten Klatschbasen des Hauses hieß Gertrud Lustig-Giezendanner. Heftig klingelte sie an der Wohnungstüre des Junggesellen und zeigte, als dieser öffnete, empört auf das Plakat, zischte Wörter hervor wie »Unverschämtheit«, »Frechheit«, »Ehrbeleidigung«, »Anwalt«.

Erschrocken beschwichtigte er und versuchte, die Aufgebrachte freundlich in die Wohnung zu locken. Sie weigerte sich, das zu tun, solange an der Tür noch der Lustig-Vers klebe. Erst nachdem er das Plakat abgelöst und zusammengerollt hatte, trat sie ein, neugierig die kleine Wohnung musternd. Er bot ihr Kaffee an, sie lehnte ab, setzte sich jedoch und ließ sich allmählich besänftigen, sah sogar auch ein, daß man etwas tun sollte für den Frieden im Miethaus. Kleben sie das Plakat doch der Hirterin an die Tür, schlug sie vor, die hetzt alle immer gegen alle auf – ha, wenn Sie wüßten, was die über Sie erzählt! Das hätte der Junggeselle zwar gerne erfahren, doch ging er nicht darauf ein und schlug vor, das Wörtlein »lustig« durch »nützlich« zu ersetzen. Damit gab sich Gertrud Lustig-Giezendanner, die inzwischen hatte feststellen können, daß die Wohnung brav aufgeräumt war, zufrieden.

Andentags hing ein neues Zungenplakat mit »nützlich« statt »lustig« an der Wohnungstür. Doch wer zum Frieden mahnt, erntet Mißverstehen und Unbill.

Einige Tage später erhielt der Junggeselle anonyme Post, ordnungsgemäß frankiert. Dennoch schien der Verfasser ein Hausbewohner zu sein: »Ein Schweizer Haus braucht keine Moskowiter, paß auf! Wilhelm Tell II. wacht und spuckt auf Rote Geßlerhüte.«

Es bedurfte geraumer Zeit, bis der Plakatmaler begriff, daß da jemand das Rot der gemalten Zunge total mißdeutet haben mußte. Luise Hirter im vierten Stock? »Spuckt auf Rote Geßlerhüte« schien jedoch eher eine männliche Kraftformulierung zu sein. Er sah draußen nach, ob am Plakat vielleicht Spuckspuren zu entdecken seien. Aber die Spucke schien bloß brieflich zu sein, was erst recht beelendend war.

Als er dann eines Tages feststellen mußte, daß beide Pneus seines Fahrrads im Keller mit einer Nadel oder einem ähnlich spitzen Gegenstand mehrfach durchstochen worden waren, sank seine Lust zu heiterer Friedensstiftung vollends. Er nahm das Plakat ab und zerriß es.

Besuche und Gelächter

Plötzlich sagte es JAKOB, ganz leise, ganz deutlich JAKOB, erzählte der Greis. Ich hatte die Zeitung beiseite gelegt, es war dunkel geworden. JAKOB, sagte es wieder. Ich sah mich um, doch niemand war da. Ich humpelte also zum Fenster, blickte hinaus. Auch hier nichts. So dachte ich, dummes Zeug, und kehrte zu meinem Sessel zurück. Da lispelte es wieder, ganz leise, ganz deutlich, JAKOB. Jetzt aber zum Teufel mit Jakob, schrie ich, und wie zur Antwort polterte es laut im Innern des Schrankes. Ich riß die Schranktüre auf. Niemand. Ich ging zum Stuhl zurück, da sagte es leise, prima, ganz prima hast du eben gesagt – zum Teufel mit Jakob, und spitzes Gelächter erscholl. Ah, rief ich, du bist es also, der Alte, der Gauner! Ich wies ihm die Tür und herrschte ihn an, hinaus mit dir, aber sofort! Umsonst. Ich spürte genau, wie er dablieb, obschon er jetzt schwieg. Hinaus, du Gauner, rief ich, nun herzhaft. Wohin hinaus, sagte er, wohin denn hinaus? Wohin du willst, sagte ich, nur fort, nur fort. Und hatte plötzlich eine Erleuchtung. So geh zu Frau Witschi, sagte ich ihm. Und schon war er weg. Ging er wirklich zu ihr, fragte die Base. Am andern Tage kam Frau Witschi und sagte, du brauchst mir nichts zu erzählen, er ist gekommen. Die Base staunte. Er kam, sagte Jakob, genau zu der Zeit, als ich ihn schickte. Hat er ihr etwas getan, fragte die Base. Ihr nicht, sagte Jakob, sie wußte Bescheid, sie hat ihn nach Hause geschickt. Nach Hause, staunte die Base von neuem. Zur Hölle, erklärte ihr Jakob und lachte, hihi, zur Hölle, und lachte, bis sich der Ansatz seines Gebisses entblößte. Verdattert versuchte die Base mit ihm zu lachen.

Halleluja der Magen

Man brauchte nur auf die Bühne und zu ihm zu treten. Hier steht eine Frau, rief er aus, ich kenne sie nicht, wir haben uns nie gesehen. Nie, nickte die Frau. Wir wurden geboren, sagte er, Tagereisen voneinander entfernt, und kannten uns nie. Die Frau auf der Bühne nickte. Unter anderen Sternen, an anderen Strömen, rief er aus. Das Publikum staunte. Nun sind wir hier, rief der Wunderheiler in den Saal, die Frau ist hier und ich bin hier und ein anderer ist ebenfalls hier, jawohl, das Licht, der Heilige Geist, und ich sehe das Licht, ich sehe den Geist, ich sehe, daß die Frau krank ist, sie ist leberkrank, wenn es stimmt, daß Sie leberkrank sind, so heben Sie Ihre Hand. Die Frau hob die Hand. Ihr habt es gesehen, sagte der Wunderheiler und wischte sich Schweiß und Speichel vom Mund, ihr habts gesehen, doch Gott ist hier und der Heilige Geist. Er legte der Frau seine Hand auf den Scheitel und rief: Im Namen Christi, du bist gesund.

Bereits stand eine andere Frau auf der Bühne. Da steht eine andere Frau, sagte der Wunderheiler, ich kenne sie nicht, wir haben uns nie gesehen. Die Frau nickte, nein, nie. Sie ist hier, sagte der Wunderheiler, ich sehe, daß sie krank ist, sehr krank, ich sehe noch mehr, was ist das, da ist was, Achtung, schrie er auf, die Frau hat Schwarzes um sich herum! Reglos äugte die Menge. Das Schwarze bewegt sich, rief er, es bewegt sich weiter, bewegt sich noch immer, jetzt steht es still, über dem Magen steht es still, es ist der Magen, rief er. Halleluja der Magen, respondierte der Saal, o Gott, der Magen! Der Wunderheiler hob die Arme, es ist der Magen, sagte er, man sieht es gut, es ist Krebs, Magenkrebs! Entsetzt verstummte das Murmeln im Saal. Der Wunderheiler sprang an die Rampe hervor, reckte die Rechte, streckte den Zeigefinger aus, da, dort, sagte er, der Engel des Herrn, und wies in die Menge hinein, da sitzt eine Frau in der zweiten Reihe, nein, links in der zweiten Reihe, die Frau hat ebenfalls Magenbeschwerden. Eine Frau in der dritten Reihe links stand auf und hob ihre Hand. Geheilt, du bist geheilt, schrie der Wunderheiler, dein Glaube hat dich geheilt, und da, er wandte sich unvermittelt wieder der Frau auf der Bühne zu, der Frau mit dem Krebs, das Schwarze ist weg, sagte er, der Herr ist hier, du bist gesund, im Namen Christi.

Während er sie zur Seite schob, stand bereits ein nächster da. Da steht ein Mann, sagte er, ein Mann, ich sah ihn noch nie, er geht am Stock, er hinkt, wir kennen uns nicht, da kommt er, ein Kaufmann, ein Angestellter, wenn Sie Angestellter sind, so heben Sie Ihre Hand. Der Mann hob die Hand. Sie haben ein Rückenleiden, sagte der Wunderheiler, Sie haben eine Frau, die Frau ist hier, Ihre Frau ist im Saal. Eine Frau in den vorderen Reihen erhob sich und winkte zur Bühne, o Karl, da bin ich, rief sie. Befangen winkte der Mann zurück. Ihre Frau ist hier, sagte der Wunderheiler. Sie wollen gesund werden, gut, Ihr

Glaube hat Ihnen geholfen. Sie sind geheilt. Der Mann zögerte erst, dann ging er, dann hob er den Stock, dann schwang er den Stock in die Luft und ging, geheilt, rief er heiser, geheilt! Ohne zu hinken, ohne Hilfe des Stockes ging er über die Bühne. Seht, seht, riefen, lachten, schrien, ja weinten die Menschen im Saal, er geht, wahrhaftig, der Lahme geht, und reihenweise sprangen sie von den Sitzen, er geht, halleluja, so wirf doch den Stock weg, er geht, Karlkarl, lärmte es durcheinander, o was für ein Tag, erbarme dich unser, wo bist du, au meine Füße, ist fertig oder kommt da noch jemand, ich bin wie neugeboren, warum klemmst du mich denn, nein, meine Brille ist eben zerbrochen, so komm doch endlich. Man intonierte einen Chorus, viele fielen ein, manche mit Worten, andere mit lalala, während der Lahme strahlend im Nebenausgang der Bühne verschwand, winkend mit dem Stock. Sie sangen Schulter an Schulter, Hüfte an Hüfte, schwitzend vor Aufregung. Sie sangen, während der Wunderheiler sich den Schweiß von der Stirne wischte und hinter dem Bühnenvorhang verschwand, sie sangen im Hinausdrängeln und draußen noch auf der Straße, sie sangen und riefen und sahen den Wunderheiler in einen Borgward steigen und winkend mit seinen Freunden das Städtchen verlassen. Den Kaufmann mit dem Stock fand man in einer Saaltoilette, außerstande, auch nur einen einzigen Schritt zu tun. Ununterbrochen sprach er. Als atemlos seine Frau erschien und sich über ihn beugte, spie er sie an.

Lokalzug

Die Lokomotive holperte mit zwei alten Wagen hinter die nächtlichen Hügel. Jetzt sind wir bald daheim, sagte die Frau. Ihr Mann sagte nichts. Ich bin müde, sagte sie, die große Stadt macht so müde. Im Kopf bin ich fast müder als in den Beinen. Die vielen Leute machten mich müde. Ihr Mann sagte nichts.
Ausschußware, sagte (auf einer anderen Bank) ein Arbeiter. Ausschußware, sagte er, auf dieser Linie verkehrt nur die Ausschußware der Schweizerischen Bundesbahnen. Sein eingefallener Rucksack schlotterte. Ja, sagte ihm gegenüber ein Mann, und die Anschlüsse sind miserabel, es ist eine Schande, daß sich der Gemeinderat bei den Bahnbehörden nicht wehrt. Der Mann war beinahe ein Herr.
Am Dienstag wurde er operiert, erzählte eine Matrone (auf einer anderen Bank), noch kann man nichts sagen. Ich hoffe natürlich das Beste, man muß immer hoffen, habe ich ihm gesagt, gib nur die Hoffnung nicht auf, wer hofft, ist noch nicht verloren. Ja, sagte neben ihr eine ähnliche Frau, man wird klein im Spital und dem Himmel dankbar, wenn man wieder hinaus kann.
Ein junger Mensch, zusammengekauert (auf einer anderen Bank), das Kinn im Halstuch vergraben, dachte plötzlich und grundlos erbittert, sprenge

uns, dachte er, sprenge den Zug in die Luft, ach bitte!
Aber so billig ging's nicht, und die Wagen holperten weiter. Hinter die nächtlichen Hügel.

Landleben

Südwestwind wirbelt die Langeweile hoch, die sich hat breit machen wollen, lacht sie aus, walkt sie durch, bewirft sie mit Zweigen und Ästen, trommelt ihr mit Fensterläden und Türen, jagt sie mit Regengüssen.
Im Kioskhäuschen sitzt der Velofahrer, der hie und da die Kioskfrau vertritt. Den Zeitungsaushang hat er eingeholt, damit Wind und Regen die Welt- und Boulevardpresse nicht zerfetzen, durchnässen. Wenige Kunden, bei diesem Wetter. Einigen Umsatz gabs zur Mittagszeit. Nach dem nachmittäglichen Schulschluß, werden Kinder kommen, um Kaugummis oder Schleckstengel zu kaufen. Und nachher, wenn die Fabriken Feierabend machen, werden sich Erwachsene noch mit Zigaretten, Stumpen, Totozetteln eindecken wollen. Jetzt aber, frühnachmittags, macht nur der Wind Betrieb. Zuweilen scheint er das dünnwandige Kioskhäuschen umstoßen, forttragen zu wollen.
Plötzlich tanzt der Kioskhelfer, des Sitzens in der engen Kabine überdrüssig geworden, aus dem Häuschen ins Freie, schwingt Arme und Körper, dreht sich um die eigene Achse, hüpft von einem Bein auf das andere, läßt sich die Haare vom Wind zerzausen, vom Regen durchspülen, singt »Wind, Wind, du himmlisches Kind« und ähnlichen Unsinn. Aus vorüberspritzenden Autos glotzen weit

aufgerissene Augen. Eher werden hierzulande Kometen oder fliegende Teller am Himmel gesichtet als bei Regen ein Tänzer auf offener Straße.

Dem Velofahrer machts nichts aus, er kennt diese Staun- oder Hämeblicke seit langem. Wer auf einem Fahrrad einherpedalt, setzt sich ihnen aus, besonders hier draußen auf dem Land, in den Dörfern, wo höchstens noch Kinder, doch nicht Erwachsene Velo fahren. Pedaleure gelten als kindisch oder dann handelt es sich um Naturnarren aus der Stadt – und die hält man für nicht ganz normal.

Erquickt schlüpft der spontane Hüpfebold wieder ins Häuschen, trocknet sich mit dem Handtuch und nimmt sich eine illustrierte Zeitung vor. Wenns draußen so weiterstürmt, wird er abends, bei der Heimfahrt, mit heftigem Gegenwind rechnen müssen.

Der Handschuh

Als das Gartentörchen zuschnappte, hörte er hinter sich ihren eiligen Schritt. Er stand schon auf der Straße. Sie trat zu ihm hinaus. Du hast einen Handschuh verloren, flüsterte sie. Er griff in die Manteltasche. Nein, sagte er, nein. Bist du sicher, fragte sie. Sie traten unter die nächste Straßenlampe, sie hielt den Handschuh ins Licht. Nein, nein, sagte er, den kenne ich nicht. Und meinem Manne gehört er auch nicht, sagte sie. Er lachte. Sie stellte sich auf die Zehen, spitzte die Lippen noch einmal, ihr Nachthemd knisterte unter dem Mantel, den sie übergeworfen. Dann warf sie den Handschuh kurzum ins Dunkel des Nachbargartens. Paß auf, daß dich niemand sieht, rief sie leise und lief, weil es kalt war, zurück ins Haus. Das Lämpchen über dem Eingang erlosch. Er ging und gehend griff er in seiner Manteltasche nach dem anderen Handschuh.

Ein Freund des Regens

Regen, sagt er, habe viele Gesichter und seltener als behauptet werde, ein trauriges. Oft lächle, lache er sogar hellauf, doch Regenmuffel hörten es nicht, weil sie zu ihrem Verdruß in Mäntel schlüpfen, Hüte aufsetzen, Kapuzen überstülpen und Schirme aufspannen müßten.

Am liebsten, sagt er, suche er bei Regen einen Wald auf, dort nämlich unter den vielen Bäumen regne es gleich zweimal. Regenwasser, das wisse man ja, verjünge die Haut und kräftige das Haar, Pluvialkosmetik sozusagen, nur leider könne er werktags so wenig wie andere Pult- und Büroknechte rasch mal hinaus in den Wald.

Von Heilregen schwärmt der Regenfreund, der glaubt, daß man eines Tages regelrechte Regentherapien durchführen, das Regenwasser wieder wie früher in Fässern und Tonnen sammeln oder auch direkt in Küchen und Badezimmer leiten wird. Er hält es für bedeutungsvoll, daß sich die Wörter Regen und Segen zu achtzig Prozent decken. Darauf achte man bloß deswegen wenig, weil ein allgemeines Vorurteil die Sonne über-, den Regen dagegen unterschätze. Regen sei langweilig, heiße es sogar, vor allem der Landregen. Dabei sei nichts so heiter und tröstlich wie ein ausgiebiger Landregen, unter dem eine Landschaft ihre stille Würde zurückgewinne.

Im übrigen, rühmt der Verteidiger des Regens,

zeigten Regentiefs nicht allein Gesichter, sie kämen auch mit Händen daher, die greifen, packen, schütteln, aber auch streicheln könnten, und Füße hätten sie ebenfalls, deren Gang einmal müde und schleppend, dann wieder eilig und ungestüm sei.
Insgeheim scheint mir der Regenfreund ein Dichter zu sein. Längere Schönwetterperioden lassen ihn zusehends melancholischer werden, bis er in milder Verzweiflung zu schöppeln, zu trinken beginnt, was seine Frau, weil daran gewöhnt, mit vernünftiger Fassung trägt. Schließlich säuft er hilflos vor sich hin und klagt, der ewige Sonnenschein mache ihn fertig. Es kann geschehen, daß er tatsächlich erkrankt.
Die Möglichkeit, daß es bei seiner Beerdigung draußen im Friedhof dereinst in Strömen auf die Schirme der Trauernden trommeln und prasseln könnte, entzückt, ja begeistert ihn. Mit der Kraft seiner gesammelten Wünsche denkt er sich einen solchen Abgang herbei: aufgeweichte und glitschige Erde, am Himmel graufetzig ziehende Wolken, im Grabloch ein lehmgelber Tümpel. Regenherz, sagt er, was kannst du dir Schöneres wünschen?

Mit Musik im Regenwind fliegen

Es regnet. Das Karussell steht leer. Der Platz vor der Schießbude ist ein Morast. Die Eisbude ist geschlossen. Nur eine der Schiffsschaukeln schwingt noch auf und nieder, Schlagermusik orgelt ins graue Land. Aus dem Dorf kommt niemand bis hier hinaus bei diesem Regen. Nur einmal tauchten zwei Knaben auf, in Winterblusen und Kapuzen vor dem Regen geschützt. Sie drehten für dreißig Rappen einige Karussellrunden. Dann platschten sie durch braune Ackerpfützen zurück ins Dorf. Es regnet, regnet, der Nebel hängt in den Bäumen, naßkalt bläst Wind übers offene Feld. Sie ist verrückt, denkt er und fröstelt im Regenmantel. He, ruft er, du holst dir noch was. Sie schwingt ihre Schaukel. Du holst dir noch eine Lungenentzündung, sagt er, als er die Schaukel stoppt und sie wiederum vierzig Rappen aus dem Handtäschchen klaubt. Sie zuckt die Schultern, das blonde Haar hängt strähnig und naß. Nur daß du es weißt, sagt er und stößt die Schaukel von neuem an, und nach drei, vier Schwüngen sticht der Bug bereits in die blaue Deckenbespannung, so daß er beim nächsten Durchgang unten die Bretterbremse betätigen muß. Die ist verrückt, denkt er sich und naß bis auf die Knochen dazu. Hast du nicht kalt, fragt er, als sie das nächste Mal zahlt. Naß klebt ihr Sommerkleidchen am Leib. Wie alt bist du denn, fragt er. Schnippisch blickt sie an ihm vorbei und sagt ins Ungefähre, vierzehn. Dann fliegt sie wieder, fliegt hoch, daß er bremsen muß, und die Schlager orgeln in den Regen hinaus. Hast du noch viel Geld, fragt er beim nächsten Halt. Jetzt lacht sie mit weißen Zähnen. Oh, denkt er, als die Schaukel von neuem fliegt, was für ein Kind, ein mickriges Kaff, und dann dieser Regen, doch was für ein Kind! Jetzt laß ich dich nur noch einmal, sagt er beim nächsten Halt, ich habe kalt und du auch, du wirst ja noch krank.

Er läßt sie noch einmal; sie fliegt, er bremst, sie fliegt von neuem, er bremst, die Schlager orgeln, der Regen kommt schräg und kalt mit dem Wind. Also, sagt er, Schluß jetzt, geh heim, es wird bald dunkel. Ja, sagt sie, jetzt geh ich, und schlendert davon, das Täschchen schwenkend, sie zeigt keine Eile, sie schlendert und tapst mit den Sommersandalen in Schlamm und in Pfützen, so daß es die nackten Waden bespritzt. Mit Musik im Regenwind fliegen, es gibt so viel Musik in der Welt.

Der Velofahrer

Wie Geschosse pfeilen Autos, Motorräder an ihm vorbei oder ihm entgegen. Er verspürt den Zug und den Druck der Luft, die Wucht der Beschleunigungen, die geduckten Körper und die ans Lenkrad geklammerten Hände. Manchmal fragt er sich, wohin all diese Straßengeschosse gerichtet sein mögen. Jedes scheint einem anderen Ziel entgegenzufliegen. Einmal ist er Zeuge geworden, wie zwei Geschosse sich ineinandergebohrt haben, Rakete und Antirakete. Einst zielte ein rotes Geschoß auf eine alte Platane am Straßenrand, ohne sie freilich erlegen zu können. Den Velofahrer wundert es nicht, daß überall wieder zum Kriege gerüstet wird. Täglich erlebt er auf Straßen die große Gewalt kleiner Kriege. Er glaubt Geschosse sehen zu können, welche auf Menschen zielen, die am Straßenrand gehen oder die Straße zu überqueren versuchen. Im Unterschied zu Bäumen sind Menschen aber bewegliche Ziele und schwerer zu treffen.
Übertreibung! wirft man dem Velofahrer vor. In Übertreibungen macht sich aber die Wahrheit Luft, die ein Schwächerer fühlt.
Daß der Velofahrer sich auszumalen versucht, welcher Art das Geschoß sein könnte, das ihn einmal erlegen wird, kommt hie und da vor. Im Frühling denkt er eher an das Geschoß eines übermütigen Liebespaars, an nebelfeuchten Herbsttagen an dasje-

nige eines melancholischen Trinkers. Doch vermögen solche Gedanken seine Lust am Velofahren wenig zu trüben.

Freunde

Sie sitzen an ihrem Tisch im Hirschen, aber ohne Kartenspiel. Der vierte fehlt. Gestern wollte ich zu ihm, aber er schlief, sagt Hans, der Arzt war bei ihm gewesen, hatte eine Spritze gemacht. Sie schweigen, aus dem Radio tönt Musik. Auch ich, sagt Jakob, war bei ihm, am Dienstag. Am Nebentisch klopfen Gäste den üblichen Jaß. Es ist schwer, sagt Jakob, da sitzt man an seinem Bett, und keiner spricht, die Fliegen summen, doch keiner spricht. Heiliger Bimbam, wettert's am Nebentisch, hast du denn nicht gespannt, der Heiri bluffte doch nur! Ich sagte, um nicht zu schweigen, erzählt Jakob, es kommt schon wieder, es kommt schon besser. Sie schweigen. Wer gibt's, fragt jemand am Nebentisch, Gritli, noch einen Zweier! Er schaute mich hilflos an, sagt Jakob, wahrscheinlich weiß ers so gut wie wir. Sie schweigen. Wie stehen die Aktien, Gritli, schäkert's am Nebentisch. Nicht zum Glauben, sagt Hans, ein Kerl wie er, es ist nicht zum Glauben. Fünfzig Kreuz As, trumpft es nebenan auf. Die Kaffeemaschine lärmt. Denkt nicht, ich sei ein Feigling, sagt Fritz, ihr kennt mich. Paß auf, ruft eine Stimme, wir machen sie fertig. Ich gehe nicht zu ihm, ich kann ihn nicht liegen sehen, sagt Fritz, das kann ich nun einmal nicht. Himmelsternen, ruft's nebenan. Auch denke ich mir, es wäre ihm peinlich, sagt Fritz, noch peinlicher wohl als mir. Mag sein, sagt Hans, so ein

Kerl wie er. Es mochte gegen zehn Uhr gehen, als der Spengler hereintrat. Er sprach mit dem Wirt am Ausschank. Sie hören den dritten Kurzvortrag im Zyklus über Wunder der Gestirnwelt, kündigt die Radiosprecherin an. Der Wirt dreht ab und kommt an den Tisch der Freunde. Er ist tot, sagt er, der Spengler sagt eben, er sei vor einer halben Stunde gestorben. Du bist an der Reihe, sagt am Nebentisch einer, doch jetzt paß auf, zum Kuckuck! Die Freunde bezahlen, um gehen zu können.

Der Fremde

Ja, sagte der Mann, es könnte von einem Geschoß sein, ich machte den Krieg mit, allein ich zweifle doch sehr, auch möchte ich nicht den Helden spielen, es könnte einfach auch Angst sein, das Zögern und dann, Sie verstehen, Zögern und doch noch ein Schritt bringt einen ins Hüpfen, manchmal denke ich wirklich, so sei es. Dann wiederum sage ich mir, warum nicht aus Freude, zum Kuckuck, das läge ja wohl am nächsten. Ich bin mir, Sie sehen, selbst nicht im klaren, allenfalls wäre sogar an Vererbung zu denken, doch da mein Vater vor meiner Geburt die Mutter verließ und diese, als ich drei Jahre war, starb, besitze ich keine näheren Anhaltspunkte. Sie sehen, der Fall liegt nicht einfach, und übrigens bin ich hier fremd. Es wäre zum Beispiel auch denkbar, daß ich nur hüpfe, weil ich hier fremd bin, in diesem Fall eher, weil mir der Boden zu kalt als zu heiß ist, Hüpfen hält warm, und manchmal, Ihnen darf ich es sagen, manchmal frage ich mich, ob's überhaupt stimmt mit dem Hüpfen. Aber alle sagen mir hier, du hüpfst ja, warum auch hüpfst du denn immer, und weil alle es sagen, muß ich mich fügen, die Mehrheit entscheidet, auch habe ich keinen anderen Wunsch als weiter nicht aufzufallen, obwohl das nicht immer sehr leicht ist, doch muß ich gestehen, die Menschen sind nett und freundlich zu mir, und auch der Doktor sagte, besser noch hüpfen als gar

nicht, natürlich, ich klage ja nicht, man lebt wie man kann, und mehr verlange ich nicht.
Ich klopfte ihm auf die Schulter und sagte, in Ordnung, Sie nehmen das Leben von der richtigen Seite. Dann gingen wir auseinander. Und sieh da, er hüpfte tatsächlich, er hüpfte davon.

Der schrumpfende Raum

Du wirst doch nicht, sagte der Jüngere. O nein, sagte der Ältere. Zwischen ihnen stand eine Karaffe, in der Karaffe Wein. Das Leben ist ein schrumpfender Raum, sagte der Ältere. Es wird immer wieder schön, sagte der Jüngere, oft ist es beschissen, aber es wird immer wieder schön. Es ist ein schrumpfender Raum, beharrte der Ältere, es schrumpft um dich zusammen. Du denkst wohl an Runzeln, sagte der Jüngere. Nein, sagte der Ältere, das ist es nicht, ich denke wirklich an Raum, er schrumpft auch hinter uns. Du nimmst es zu schwer, sagte der Jüngere. Die Vergangenheit überfährt dich von hinten her, sagte der Ältere, wie eine Lokomotive. Du spinnst, sagte der Jüngere. Die Lokomotive überfährt dich, sagte der Ältere, du weißt genau, sie kommt und überfährt dich von hinten. Aber nicht auf der Straße, sagte der Jüngere. Überall, sagte der Ältere, überall wird der Raum kleiner, die Luft zum Atmen geht aus. Niemals, sagte der Jüngere, die Luft geht niemals aus. Ja, sagte der Ältere, du bist noch jünger, du hast noch Raum. Nicht mehr als du, sagte der Jüngere. Du kannst noch weg, ich nicht mehr, sagte der Ältere, ich nicht. Ich will nicht weg, sagte der Jüngere. Aber du könntest, wenn du nur wolltest, sagte der Ältere, ich nicht, auch wenn ich wollte, das ist es ja, wer alt wird, ist zu diesem Kaff verdammt. Du hast dein eigenes Häuschen, sagte der Jüngere, so verdammt ist es nicht. Ja, sagte der Ältere, mein Raum ist auf ein Häuschen zusammengeschrumpft. Du hast einen Garten, sagte der Jüngere, du hast eine Frau. Ja, sagte der Ältere, doch du vergißt, daß es noch tausend Gärten und tausend Frauen gibt. Oho, sagte der Jüngere, das ist mir neu, daß du ein solcher bist! Bin ich nicht, sagte der Ältere, du weißt, daß ich kein solcher bin. Ja, sagte der Jüngere, das ist wahr. Auch wer kein solcher ist, sagte der Ältere, denkt sich, was noch möglich wäre. Ja, sagte der Jüngere, vieles ist möglich. Dann aber schrumpft der Raum zusammen, sagte der Ältere, du merkst auf einmal, daß du nicht mehr denken magst, so wie du jetzt denkst, weil du jünger bist. Ist mir zu kompliziert, sagte der Jüngere. Nein, es ist einfach, sagte der Ältere, der Raum schrumpft ein. Ach Quatsch, sagte der Jüngere. Alles schrumpft langsam zusammen, sagte der Ältere, zuletzt bleibt nur noch ein Punkt. Ach was, sagte der Jüngere, das Leben geht weiter. Der Raum schrumpft zusammen, sagte der Ältere, auch du wirst noch sehen, er schrumpft, und eines Tages kannst du nicht mehr atmen, weil du allein und ohne Raum bist. Der Jüngere lachte. Die Karaffe zwischen ihnen war leer.

Die Zukunft der Häuser

Sie werden noch sehen, sagte das Dutzendhäuschen, Sie werden noch sehen, eines Tages zieh ich mein Dach herunter, ganz tief, dann bin ich für mich allein, ein Bauernhaus mit richtigen Tieren im Stall und einem Bernhardiner unter dem Dach.

Es dürfte so lang nicht mehr dauern, sagte das Transformatorenhäuschen, dann werde ich meine Mauern öffnen und große Fenster haben, weite, hohe Fenster nach Süden, wie eine Veranda.

Ich werde mir einen Garten ziehen, sagte der Fabriktrakt, o nein, zu jäten gedenke ich nicht, es wird ein wilder, wuchernder Garten sein, tropisch, wenn Sie so wollen, und ich als Casa verborgen hinter hohen Büschen und Stauden. Die wenigen Menschen, die ich noch dulde, werden auf fremde, faszinierende Namen hören.

Garage ist lustiger, sagte das Wirtshaus, ich meine lustiger als die wenigen Gäste, ich lasse mir Tanksäulen wachsen, dann kommen Automobile. Der Lärm der Motoren befriedigt mich mehr als das Gemurmel von Gästen, auch werde ich weiß sein statt braun und werde strahlen wie eine Braut, eine blendende, weiße Braut für Automobile.

Sprechen Sie nicht von Zukunft, sagte die Villa, das ist mir zuwider. Präsent sein ist alles, und wenn schon, dann setze ich auf die ewige Wiederkehr, doch leider überzeugt mich auch diese zu wenig, drum bitte, sprechen Sie nicht von Zukunft, sonst steigt aus meinen Kellern wieder die Furcht.

Schade, sagte der Kiosk, das Leben spielte mir einen Streich, Sie sehen ja selber, wie wenig ich in ein Dorf gehöre, ich bin für Metropolen geschaffen, für eine wirblige Stadt, dort werde ich täglich in Menschen baden und Lärm, bald ziehe ich um, dann werden mich Menschen und Lärm wieder jung massieren.

Nachts plaudere ich mit den Kursflugzeugen, sagte das große Mietshaus, sie ziehen blinkend über meinen First, wir verstehen uns prima, und eines Morgens wird es soweit sein. Man wird mich bitten, hinaus auf den Flugplatz zu kommen und viele bunte Fahnen zu tragen.

Leider werde ich Ihn, wenn Er kommt, nicht sehen, sagte die Kirche, ein wenig traurig, doch ich finde mich ab, uns braucht man, solang Er nicht da ist, bei Seinem Kommen wird Er uns alle mit einer Handbewegung von sämtlichen Hügeln wischen, aber eigentlich wünsche ich keinen anderen Tod als diesen.

Neubau

Frühe trauert um Vogelstimmen.
Baum wird Gerüst.
Schon zwitschern aus seinen Ästen
Pfiff und erste Mauerbewürfe.

Inhalt

Frieda und der Schelm	5
Aus Caracas oder irgendwoher	8
Nur bei schöner Witterung	11
Der Plan, ein Wunsch*	13
Indizien vielleicht, vielleicht Gespenster	15
Dolce vita	17
Happy end	20
Riß im Leib	21
Neapel sehen	23
An warmen Tagen	25
Verbesserungsspiele*	27
Der letzte erste August	29
Bachabgeschichten	32
Harmonisch wie lange nicht mehr	38
Ein Leben in Villen	42
Dora ißt Brot	44
Der innere Schweinehund*	46
Vorweihnacht	48
Weihnachten	49
Der Plakatmaler	51
Besuche und Gelächter	54
Halleluja der Magen	56
Lokalzug	59
Landleben*	61
Der Handschuh	63
Ein Freund des Regens	64
Mit Musik im Regenwind fliegen	66

Der Velofahrer* 68
Freunde 70
Der Fremde 72
Der schrumpfende Raum 74
Die Zukunft der Häuser 76
Neubau 78

Die Sammlung »Dorfgeschichten« erschien 1960 zum ersten Mal. Die mit * versehenen Erzählungen aus dem Zyklus »Velogeschichten« wurden neu aufgenommen.